현대시 세계 시인선 173

푸른 목마 게스트하우스

김리영
시집

푸른 목마 게스트하우스

도서
출판 북인

집어등 불빛 꺼진 아침, 달려오는 흰 파도가 보인다.
아무도 바라보지 않을 때 부서져 본 물살이 눈부시다.
바다 한가운데가 아니어도 물 닿으면 후미진 곳은 없다.

물길은 해뜨기 전, 앞이 트인 것을 알고 있었을까.
시는 물결처럼 오고 있었다.

악착같이 숨쉬며 웅크리지 않고 살아올 때
시가 안아주고 기다려주었다.

사랑을 건넬 시간은 지금부터다.

2024년 10월
김리영

차례

시인의 말 5

1부

동백 엄마 · 13

날개 · 14

구멍 · 15

야간비행 · 16

도도새와 가문비나무 · 17

푸른 목마 게스트하우스 · 18

19세기의 꿈 · 20

순록이 국숫집에 왔다 · 21

아버지가 네이버에 떠요 · 22

세 번째 서랍 · 24

딱새우의 저녁 · 25

회로 만들기 · 26

그 다음 말 · 27

와송瓦松 · 28

나비길 · 29

2부

예무지도무禮舞之道舞 · 33

선녀춤 · 34

아버지의 새 · 36

낙지 · 37

갱지 · 38

태胎 · 39

봄춤 · 40

졸업발표회 · 41

마지막 버스 · 42

서더리탕 · 43

자경전 샛담길 · 44

화이트 스노우 모카 · 45

사라지다 · 46

뜨거운 춤 · 47

폐막식 · 48

3부

열매 맺지 못한 줄기 그리고 흰 수국 · 51

강이 스며오는 시간 · 52

깍두기비빔밥 · 53

저음 · 54

강가의 집 · 55

출장 · 56

살구 2021 · 57

개미를 기리다 · 58

기간제 근로자 · 59

키오스크 · 60

미안합니다 · 62

이웃 · 63

위로 · 64

딱지 · 65

저녁 매화 · 66

4부

버려진 네모 · 69

오늘은 내가 찾아왔어요 · 70

냉장고 안에 피어난 파꽃 · 71

왜 떠나고 싶을까 · 72

패턴 찾기 · 73

겹 · 74

잘라내도 지워질 수 없는 · 75

멜로드라마 · 76

빠르게, 바람보다 천천히 · 77

서울 성곽 · 78

해신海神 · 79

서핑에서 돌아온 오후 · 80

상사화 · 81

벚꽃 · 82

종이 없는 도서관 · 83

해설 반쪽 날개로 추는 나비의 춤 / 우대식 · 84

1부

동백 엄마

세병관에 올라 바다를 엿본 날
얼어붙은 동백들과 마주쳤다.

뽀얀 서릿발 걷어내면
초경 앓는 까무잡잡한 얼굴.

처음 스케이트 타본 날
빙판 위 갈라진 틈을 헛디뎌 넘어지면
연못 밖에 기척 없이 서 있던 엄마.

피어오르다 꽁꽁 언 동백은
얼음보다 먼저 쩍쩍 금간 엄마의 심장이다.

동백나무 밑동에 달려
혼자 어린아이 키우며 얼어버린 엄마.

살얼음 벗기고 입김 호오 불어주면
겨울바람에도 눈부신 윤슬 위에
꼭 한번 피어오를 엄마를 두고 왔다.

날개

바다가 내려다보이는 절벽
가파른 계단 오르네.

앞서가는 사람의 균형잡는 뒷모습
정수리에 뿔을 숨긴 것은 아닌지
날개 펼친 프테라노돈이 눈앞에 스치네.

설핏 내 모습 뒤돌아볼 순간
쓸려 내린 흙이라도 아름답게 딛고 싶어
불끈 볏을 세우고 따라 걷네.

숨 고르거나 주저앉을 틈 없이
세상에서 거푸 놓쳐버린 밧줄,
오늘은 바투 감아쥐고 비탈길 가네.

몸 가누지 못하고 뒤처진 어깨 사이
날개야, 가볍고 단단하게 돋아나라.

구멍

누가 내 이야기를 들어줄 수 있을까.
교교히 빛나는 생각을
벽에 뚫린 구멍 속에 세심하게 집어넣고
잠잠히 기다린다.

오래 매만지며 열어두고 싶은 통로.
누군가 올 수 있다는 생각이
구멍보다 커 간다.

빈집, 스위치 켜고 들어설 때
아웃렛 떨어져 나간 구멍이 눈에 띄면
한순간 벽이 열리거나 사라진 듯
당당하게 사람이 기다려진다.

누가 소리 없이 다가와 옹벽을 부서뜨릴까.
절대 무너져서 안 되는 벽은 없다.

야간비행

어머니는 청춘의 여신 헤베,
알아보지 못했던 허술한 시간.

덴 발등, 붕대 감은 딸에게 먹이려고
노란 주전자 가득, 곰국 사오신 밤,
번드레한 입술로 국물 들이켜고
어두운 천체를 올려다보았다.

긴 치마에 가려진 어머니의 발목
절뚝일 때마다 국물이 엎질러져
에리다누스 강을 이루고
장맛비에 젖은 어머니는 저물어갔다.

축을 벗어나 별자리를 떠나신 어머니.

땅에 흘리신 눈물자국 찾아헤매며
별 속으로 들어가지 못해 밤을 맴돈다.

도도새와 가문비나무

가문비나무 결이 곧은 목조 우편함을 세우고

철필로 그린 악보를 보며 노래부르지.

노을 지면 깃털술이 긴 도도새를 생각해.

삼백 년 전 울창한 숲에서 그가 사라지던 날

북반구 마을에는 함박눈이 내렸을까?

새파란 우듬지가 솟아오른 지붕

뚫어진 천정으로 별똥별이 지나가면

문밖에 나가 재를 치우고 도도새를 기다리지.

빙렬氷裂이 돋아나는 벽, 찻물이 차오르고

나를 잃어버린 도도새가 곧 돌아올 거야.

푸른 목마 게스트하우스

— 아들! 자가격리하는 동안
떠오른 느낌을 말해줄 수 있겠니?
어머니! 절대 감옥에 가면
안 된다는 걸 깨달았어요.

오늘은 비좁은 방으로
네 안의 너를 초대해봐.

공항 검역소를 지나온 기분
물컵 속 물을 보며
이야기를 풀어낼 수 있겠지.

집안 샅샅이 둘러보면
너만 느낄 수 있는
자유로 가득 차 있어.

바람을 가르며 회전목마 타기 좋아했지.
슬며시 마음속 버튼 하나 누르고
오른쪽으로 돌고, 다시 왼쪽으로 돌아봐.
목마 타고 공중 높이 날아오를 수 있어.

마음의 눈을 크게 깜박이면
보이지 않는 터널 끝도 한눈에 들어올 거야.

생각의 축 옆에 빛을 쌓아올리면
크리스털 실내 공간이 넓게 펼쳐지고
저녁이 올 때까지 블록 식탁을 설치할 수 있어.

— 아들! 질리지 않고 견딜 수 있겠니?
어머니! 마음속 버튼 한번 더 누르면
투명한 벽 너머 환한 거리도 볼 수 있어요.

19세기의 꿈

날개 돋은 씨앗을 건네는 할머니의 푸른 손을 잡아요.

아침이면 날개를 꺼내 달고
뒤뚱거리며 집을 나서요.
칙칙한 하늘 날지 못하고 돌아온 저녁,
할머니는 처진 두 쪽 날개를
삼층 의걸이장에 곱게 접어넣어요.

하층에 베갯잇 개어넣는 밤
일 년 내내 볼 수 있는 별자리가
장 속 천정에 어김없이 돋아나요.

문판에 새겨진 모란 피고 나비 날고
귀퉁이가 닳은 무지갯빛 청패靑貝,
가늘게 오려 박은 자개 틈에
할머니가 지나온 가파른 길이 보여요.

19세기 흑자색 삼층장이 비쩍 마른 올 봄,
장문 밖, 뽀얀 씨앗들이 새어나오고
할머니의 손때가 새카맣게 더께 앉은 꿈이
가고 싶은 곳까지 훨훨 날아가길 빌어요.

순록이 국숫집에 왔다.

시내를 떠돌다 독이 성성하게 박혀온
순록이 국수를 삼키는 낙낙한 시간,
날 세운 뿔이 면발처럼 연해지고
길 위에 쓸린 발굽도 부드럽다.

다시마가 우러난 뜨거운 국물 삼키면
시력이 떨어져도 며칠 잘 살아가겠지.
눈 덮인 침엽수림 지나가는
빡빡한 언덕길도 잘 넘어설 하루.

국숫집 창문에 햇살 비껴오면
순록이 짙푸른 눈으로 툰드라를 향해 일어선다.

아버지가 네이버에 떠요

'어젯밤 우리 아빠가 사온 거야'
반 아이들이 크레파스 보여줄 때
몰려 떠다닌 뭉게구름이
쏜살같이 복장뼈 뚫고 들어와
물컹한 구름 맛을 보았지.

굴뚝마다 밥 짓는 연기 오르면
친구들 집마다 현관 안에
고르게 빛난 아빠 구두들
갑자기 뿌연 눈앞, 코끝을 뭉개며 돌아왔어.

무심코 검색창에 쓴 아버지 이름
내가 모르던 아버지의 발길 따라 걷는 밤
이젠 속이 무너지지도 않는데

누구든 한 사람을 붙잡고
우리 아버지가 네이버에 떠요.
대뜸 말하고 싶은 것은

부르고 싶어도 부르지 못한

네이버 속 걸터앉아 계신 아버지를

이젠 한번 믿어 보고 싶기 때문이야.

세 번째 서랍

퉁퉁 부어오른 어머니의 젊은 살점
몽매에도 다가가지 못한
아버지의 이마 잘린 사진

어머니의 서랍 안쪽은 기울고
매끄럽고 싸늘한 바닥에
무색투명한 시간이 흐른다.

부러진 꽃잎, 머물던 빗물
문 열리고 볕이 비추면
모로 누워 있던 어머니의 사랑이
세상 밖으로 돋아난다.

목구멍까지 차올라도
물꼬를 찾지 못한 어머니의 뜰
모서리 구석까지 남김없이 살아
닫힌 서랍 속에 고분고분 뿌리 내린다.

딱새우의 저녁

살을 쉽게 내주지 않는다.

촘촘한 어깨뼈가 무너져내리고
굽은 등뼈도 바스러진 뒤
하얀 육질이 뒷모습 드러낸다.

무심한 뼈는 날카롭고 두껍다
포크로 흰 살 끄집어낼 때
나 돌아갈래. 말하지 않는다.
붉은 입술 앙다문 기운

끝없이 푸른 바다는 다시 오지 않는다.
부연 살 흘러나온 텅 빈 껍질,
파도벽 타고 오르려다 놓쳐버린
짜릿한 햇빛이 가물가물 기억난다.

접시 위 사라진 딱새우 얼굴
이젠 자연스레 마주 볼 수 없다.
껍질 벗고 고백할 시간을 놓쳤다.
그날을 기다려보던 나도 없다.

회로 만들기

할머니는 머리맡에 두고 가신
머릿장의 경첩이 삭아내릴 때까지
구멍 송송 뚫린 피륙의 실마리가
끊어지지 않게 감아쥐고 계시다.

불현듯 할머니 산소에 왔다.
여름비 그친 풀더미에 앉아
어릴 때 유약 묻혀 닦은 반닫이 장석을
기억에서 꺼내 상석 위에 올리고
나주 배를 깎아 진혼하였다.

먼저 떠난 사람이 두고 간 자물쇠와
남은 사람이 잃어버린 열쇠를 이야기하고
할머니의 옥색 항라 저고리 섶에서 빠져나와
해 지는 한강을 끼고 돌아간다.

그 다음 말

망초꽃들은 쏠리지 않고 땅을 메워
촘촘한 편지를 씁니다.

아무도 읽어주지 않는 편지에
초록 가지 뻗어 밑줄 긋고
기다린다고 무성하게 쓰다 지치면
철조망 밖으로 손 내밀어 흔듭니다.

바람 오면 문양이 만들어지고
다음 바람 갈 때 문양이 지워집니다.

땅이 미어지게 쓴 새하얀 부호들.

빈 땅이 얼마 남지 않은 도시,
사람들은 서둘러 접은 망초꽃 편지를
주소 없는 곳으로 부치고 돌아서겠지요.

와송瓦松

비탈진 지붕 위에 태어난 죄
등 굽은 기와 곁에 눕지 못하고

처마 아래 누가 울며 지나가도
하늘 향해 꼿꼿이 자라난 결구結球.

땡볕 아래 외줄기 몸 하나
오롯이 건사하는 듯 보여도

오른쪽 줄기 굽혀 왼쪽 줄기 위에 얹은
시들지 않는 반가사유半跏思惟

나비길

맑고 솔직한 앞날개를 잃고
한쪽 날개로 날았지.

남은 날개까지 떼고 싶은 날에도
아슬아슬 절룩이며 유랑하겠지.

어두운 참나무숲에 들어가면
날개의 이면裏面이 빛날지 몰라.

반쪽으로 날아가도 나비길은 있어.

2부

예무지도무禮舞之道舞*

춤으로 세상이 따뜻해지는 일을 미룰 수 없어
오늘밤 무대를 훌쩍 뛰어넘어 당신을 찾아갑니다.

춤을 묵인할 수 없어
거울 속 꿈만 바라본 날들.
비밀로 삼을 수 없는 당신의 춤
뼛속 사무치는 가르침만 생각합니다.

땀으로 세운 황홀하고 달뜬 시간
장단마다 버선발 뿌리며 오세요.
몸짓에 스며든 곧은 사유로
관객의 맘속까지 어루만져 주세요.

디딤새 이어받아 오금 죽이며
깊어진 들숨으로 막을 올립니다.

*예무지도무禮舞之道舞 : 춤에서 예禮를 보고 춤으로 도道를 그리다. 스승을 기
리며 전통을 이어가는 의지가 담겨 있다.

선녀춤

공연 끝난 무대 뒤
피난 안내도가 붙은 회벽

거울 앞, 유리병이 뒹굴고
덧칠하고 고친 화장을
깨끗이 지우고 돌아갈 시간

처음 눈앞이 캄캄하던 객석의 어둠이
드문드문 익숙해져갈 때

사람들이 하나, 둘
무대 향해 가면을 벗고
물끄러미 바라본 순간,
새하얀 깃털이 돋아났지.

선녀가 일으켜 양팔 휘감아돌고
숨 잦아들고
춤이 끝날 때까지
겨드랑이 보듬으며 종종걸음쳤지.

끝내 거두지 못하고 두고 갈 무대

언제나 무대에서 가면을 벗은 나는
사람의 탈을 뒤집어쓰고,
검은 가방에 접어넣은
날개 한 쌍을 반납하러 간다.

아버지의 새

곡성 관음사 댓돌 위 고무신
아버지의 랜드로바가 겹쳐 보인다.

흐드러진 불두화 꽃술 아래
돌무지에서 새어나온 아버지 목소리.
찾을 수 없는 아버지의 무른 표정만
사천왕문 밖으로 바람에 날려간다.

원통전 금동관음상은 아버지가 내 마음속에
집을 지으셨다고 가르쳐준다.

무대 뒤에서 객석을 훔쳐보며 아버지 찾던 날,
그때로 돌아가 아버지의 저녁을 밝힐 수 있다면
어린 춤이 나지막이 날아오를 텐데…
팔, 다리, 어깨 꺾어, 춤 고운 새의 몸짓으로.

낙지

누가 널 잡아당겼니?
갯벌 속, 몸 숨기고 스스로 길 찾을 때.

침침한 날들이 환해진 시간
웃는 표정을 단칼로 베어버렸구나.

무대는 아직 끝나지 않았어.

두 번 더 커튼콜 받을 때까지
마지막 숨, 흠씬 들이마시고
이지러진 다리에 힘 빼지 마.

등 돌려온 사람들이 브라보! 외치는 소리

잘린 다리가 꿈틀거릴 때마다
살아 있다! 살아 있다!

갱지

잉크 물 빼고 얼룩이 빠져나가
엉성한 미소만 남았네.

곧은 선 그을 필요 없는 연습장
누구라도 찾아와 삐뚤게 연습만 하고 가지.

리허설 마치고 잠시 쉬어가 보았나.
춤꾼이 아니면 모를 수 있지.
세상이 흔들려도 가장 편안하게 받아주는
연습실 누르스름한 마룻바닥에 착지하는 기분.

한때 새하얗고 매끄러웠지.
섞이고 으깨어 바람에 몸 말린 날들
순수 펄프가 몸속에 조금 남아 있어.
밀리고 구겨져도 일어설 힘이 솟아나네.

태胎

한번쯤 목을 묶인 탯줄에 덤벼 오를 겁니다.
처음부터 끝까지 단숨에 대본을 읽고
무대에 알몸으로 매달려 숨 몰아쉽니다.

아슬아슬하게 평행선을 벗어났으니
칸칸이 답 찾는 일에 힘쓰지 않아요.

눈꽃들의 린치, 어깨에 스미는 1월
관객 끊긴 낮 공연은
맨몸으로 하루를 재연합니다.

굳이 해답을 묻는 눈초리 앞에
긴 호흡으로 힘 빼고
막힘없이 대사를 외워야지요.

마지막 공연 날, 문 닫은 매표소 앞
뿌연 눈송이들 빗발치면
맡은 배역의 이름을 부르며 돌아오겠습니다.

봄춤

삽질이 시작되었다.
봄타는 흙 알갱이들이
움츠러든 고양이 자세를 펴고
파드샤 동작으로 튀어오른다.

삽자루가 던져지고
삽날 안쪽에 달라붙고
겨우내 동여맨 흙의 마음이 솎아져
씨앗 하나 품어볼 오늘

모종밭에서 허둥지둥
혼자 추는 춤 위에 부슬비 내린다.

막연하게 실뿌리가 퍼지면
젖은 발들 모아, 어린 새싹 틔우며
막이 내려올 때까지 같이 살면 안 될까.

졸업발표회

목선 끝에 나부끼는 몸,
아버지가 보고 싶어, 차마
뱃머리에서 뛰어내릴 수 없네.
풍랑을 알리는 무대 배경.
오른쪽으로 두 번 맴돌아
빠른 장단에 무릎 꿇고,
아버지! 아버지!
판소리 휘모리 가락이 잦아들면
갑판 위로 피어오르는
천공에 눈물 고인 연꽃 화관.

무대 바닥이 검은 진흙으로 변하고
커튼콜이 끝나도 오지 않은 아버지.
교문이 닫히도록 기다려본 그 사람.

살아서는 한번도 부르지 못한
굳은 입술 풀려나, 버젓이 불러보고 싶다.

마지막 버스

뼈가 휜 우산을 접고 막차에 오른다.
버스 안은 공기가 무르익은 마지막 공연장
하루 안간힘쓴 사람들, 땀내와 갈채가 진동한다.

빗물 위, 제트스키 타는 버스가 급커브 돌고
두둥실 떠올라 휘젓는 팔.
동그란 손잡이에 매달려 춤춘다.

강변도시 불빛 젖은 다섯 블록
주춤거리지 않고 마지막까지 헤쳐나가는
나의 춤은 막연한 표류가 아니다.

명백하게 서 있으려는 발동작으로
언제 엎어질지 모를 전속력에 끌려
허공 지나 빈집으로 가는 포효!

나보다 먼저 가 내 꿈을 맞이해야지.
막막하게 기울어도 버티고 서야지.

마지막으로 막차 탄 남자가 쳐다본 순간
어눌한 발끝이 저려온다.

서더리탕
— 예스러운 창법으로

주인공 광어살은 뵈지 않고
뼈와 아가미, 껍질과 관객만 모여
열기 끓어오를 때마다 넘칠세라
거품만 떠내기 일쑤더니

하얀 뼈가 살인 줄 알고
볼살마저 씹어버린 머쓱한 밥때.
잔가시 고르려다 두 눈 빠질 듯
데어버린 입천장이라네.

안개가 지붕을 누르는 저녁
살만 발라먹는 사람도,
뼈만 끓여 먹은 사람도
달가워라! 매콤해라! 얼쑤!

밖은 차가운 서덜밭.
바이러스가 험한 바위 얼굴로 굽어보면
모두 똑같이 널브러진 잔돌들이야.

전염병균이 무섭게 손 내민 골짜기 지나
평평한 냇가에서 살아 만나 춤추세. 얼쑤!

자경전 샛담길

달빛 낯익은 밤,

가던 길 감싸주던 꽃담이 사라집니다.

진흙 사이 박힌 앳된 수키와

굳은 흙더미를 제치고 떠올라

꽃잎 초승달로 돋아납니다.

멀리서 지켜보며 빛이 되어주겠다고

봄날 저녁, 낮은 담장을 허물었답니다.

달빛 질 때까지 꽃잎 장단에 발끝 떼며 가는 길,

만 리 길 함께 가자는 달의 눈썹이 파르르 떨립니다.

화이트 스노우 모카

두 번 다시 오지 않는
잠깐 다녀간 눈보라,
화들짝 수액을 빨아올려
깊이 흔드는 춤

그렁그렁 녹아내릴까.
돌아서지 않고 머뭇머뭇

40억 년 전 화성에 태어났어도
해질녘 휘날리다 등 돌리고 간
옹골찬 첫 눈발에 키스했을 거야.

사라지다

이끼가 보이지 않는다.

꽃으로 태어나지 못한
헛뿌리에 피어오른 축축한 웃음

송수관이 지나가는 담장 아래
흙 깊이 뿌리가 연결되길
줄곧 기다려온 이끼

사람들은 모른다. 눅진한 저녁이 와도
빛을 빨아들여야 살 수 있는 이끼가
마른 눈시울로 마지막 춤추며 떠나간 길.

뜨거운 춤

수천 년, 땅을 지켜온 영웅들은 어디 가고
사람을 태우고 내리는 문만 남아
흐르는 시간을 지키고 있구나.

지하의 일상에 봄 오고 숨통 트이면
누구의 패러디라도 한 가닥 흥을 붙잡고
뜨겁게 춤추며 고개 젖히고 싶다.

힘없고, 위벽이 해진 주말
밍밍한 겨울 강물 위로
열차는 목이 쉬도록 달려간다.

폐막식

바다는 긴 파도 소리에 맞춰 춤춘다.
해운대 모래밭 특설무대
물결이 제 몸 꼬아 돌며 뛰어오르고
수줍음 타지 않고 박수 소리에 멈춘다.

바다는 어둠이 흐르는 옷으로 갈아입고
세상에 태어나 처음 꽃을 받아보았다.
노을 아래 고기잡이배들이 떠가고
조명등 꺼지고 갈매기도 울지 않는 밤
일어선 사람들에게서 짭조름한 향기가 난다.

3부

열매 맺지 못한 줄기 그리고 흰 수국

끌리는 것은 집요하게 아름답다.

사람들이 가슴에 감춰놓은 끌림 하나는
침묵으로 앙상하게 권위를 잃어가지만,

꽃대만큼의 길이로 하루하루 끌려와
아름다운 전체를 지켜보길 원할 것이다.

초여름, 자신의 물기를 버리고
열매 맺지 못한 줄기를 뒤척이는 수국에게
누군가 고절한 청빈에 끌려와,

가을 오면 조그만 비밀 하나를 담고
깡마른 꽃묶음을 껴안아줄 것이다.

강이 스며오는 시간

열차에 비스듬히 실려 집으로 가는 길
불빛 돋아난 한강이 화들짝 고개 돌린다.
물결마다 저녁 밝힌 빛이 따스하다.

셀 수 없는 광선으로 금이 간 한강에게
빛나는지 아픈지 묻고 말았다.
진중한 물길이 기우뚱한 열차 소리 듣는다.

금간 채 나아가는 강이
금 지우느라 좁아진 나를
소리 없이 덮어주는 밤

늦도록 골똘히 애쓴 한강이
철교 기둥 사이사이 손 내밀어
아무도 오지 않는 금까지 스며든다.

강은 도시에 몸을 밀어넣을 곳이 없다.
이슥해진 시각, 집으로 가는 사람은
한강의 마음을 빌려 산다.
물이 속으로 들어와 곰곰이 밝아진다.

깍두기비빔밥

며칠째 좁은 길 달려 집으로 오면
서걱이며 씹혀올 식감이 떠오른다.

이미 잘린 깍두기를 싹둑싹둑 썰어
잘린 것과 자르는 사람 사이
잠시 붉은 물 튀어오르고

간이 밴 무의 섬유질을
뜨거운 팬에 펼쳐놓은 살림,
들기름을 하염없이 두른다.
오갈 데 없이 노릇노릇 타는 밥술.

더 늦춰질 수 없는 정년停年.
팬데믹이 사라질 때까지라도
일터에 눌어붙을 수 있을까?

포기할 수 없는 늦은 식사
깨작이던, 달빛 닮은 숟가락이
베이고 짓이겨져, 파묻힌
완숙한 깍두기 맛을 퍼올려준다.

저음

사과의 멍을 도려내고 먹으면
혀에 단맛이 감돈다.

상한 부분을 잘라버리면
문명은 한층 더 튼튼해질까.

멍든 사과들을 낮은 가격에 사려고
백화점 폐점 시간을 기다린다.

이 별에서는 사과 하나 사랑하는 일도
사랑한다. 말하기 어려워진다.

깊이 파먹을수록 씁쓸한 맛이
콘트라베이스의 저음으로 깔리고

비 오는 밤, 붉은 사과와
유토피아를 꿈꾸며 잠이 깬다.

강가의 집

말의 갈기처럼 풀이 자라난 벌판
말의 그림자 옆에 사람이 살고 있다.

명백한 주소 푯말이 붙은 소나무 뒤
불어난 쓰레기 틈새에서 기척이 들린다.

"마스크와 손소독제를 가지고 왔어요.
생일 상품권도 넣었습니다.
나오실 때, 반드시 마스크 쓰시고
비말飛沫을 조심하십시오."

다음 뵈러올 때까지
부디 식사 챙겨 드시기를…
같은 시대에 태어난 저의 온기 한 줌
나뭇가지에 걸고 돌아섭니다.

털쥐꼬리새만 붉게 흔들린다.

출장

빗소리로 채워진 ㄷ자 복도
문턱에 다다르면 빈집들뿐이다.
휴가 없이 일하는 1인 가구들
초인종 세 번 울려도 답이 없다.

멈칫거릴 틈 없는 긴급재난지원 안내장
받는 사람 이름이 가려지게 반 접고
갈피 속에 어진 마음 한 끝 새겨
문밖에 테이프로 붙여두고 돌아선다.

그대, 맥놓고 돌아올 저녁
아스팔트를 뭉개는 장대비 그치고
덜어내지 못한 고단한 통증
먹구름 끝에 얹어 보내시라고

땀에 짓이겨진 골목길
고무장화 신고 흙탕물 피해
퇴근 시간까지 앞만 보며 돌아온다.

선한 정책은 백성과 맞닿는 손끝이
끝없이 아름다워야 한다.

살구 2021

마트 안, 절벽 꼭대기에 살구가 있다.
몸이 정지되어 살구를 본다.
시급 8,720원으로 오를 수 없는 절벽

살구가 거친 절벽 아래로 내려왔다.
'선도鮮度'가 떨어지는 상품입니다.
살구가 지쳐 풀 없이 담긴 팩에
노란 세일 스티커가 붙어 있다.

집에 온 후, 마음은 살구 곁에 서 있다.
씨 옆에 욱신거리는 상처가 아려올까.

살구를 데려오려고 왔던 길 되돌아간다.
아직 그늘에서 기다리고 있을까.

개미를 기리다

나도 모르게 개미를 밟았다.

지난 여름 집으로 돌아오다 넘어진 주차장 옆
가고 또 일하고 와도
좀작살나무가 포도송이 닮은 열매를 밀어올리는 곳

기어가며 금탑을 모으던 개미 발자국
그려보며 지나간다.

쫀쫀한 햇살 아래 개미와 걷던 길
움푹 파인 싱크홀 지나 꿋꿋이 가면
천천히 별빛 떠오는 훤한 길 끝

독침 없는 개미가 직선으로 흩뿌린
거대한 빛을 안고 간다.
긴 통로 꺾어, 양식이 남아 있는 곳까지…

기간제 근로자

인사를 해도 팀장이 모른 척한다.

발걸음 버석거리는 소리
이름 없는 투명인간은 되기 싫어!

순한 표정으로 웃어봐도
발길 떼기가 허황한 오후.

외길을 붙잡고 끝까지 간다.
떳떳하게 마주칠 녹녹한 눈빛 찾아
봄볕 아래, 얼음강 가운데로 걷고 있다.

키오스크

여자나 남자라면 좋겠다는
생각은 없어.

오늘 처음 눈에 들어온 키오스크,
예방 접종 후유증으로 휘청이는 나에게
좋아하는 메뉴를 물었지.

쉽게 입을 떼지 못했지만
선명하게 내 생각을 인식했어.

카드를 읽을 수 없으니
다시 꺼내어 슬라이딩해 주세요.

바닥에 떨어져 뒹구는 카드.
서로 허공을 잡는 눈빛으로 본다.

사회적 거리두기 중이지만
가까이 다가설 수 있어.
손상 없이, 자극 없이 나를 읽어줘.

퇴식은 셀프입니다.

잠시라도 나와 함께 걷지 못하지?
돌아서 가도 허허롭지 않아야 해.

악몽에서 깨어나면 널 만나러올 거야.
낯선 방문자를 쏘아보더라도
나만은 차크라의 눈으로 바라봐줘.

미안합니다

먼저 떠난 사람이 물속에 꼿꼿이 서 있다.
겨울 호수 한가운데 눈 시린 빙판

누런 햇살 번지는 날
사람들이 호수 둘레를 느리게 걷는다.

얼음조각 헤치고 물구나무선 오리를
소리내지 않고 바라본다.

단 한 푼 빚지지 않은 도도한 표정으로
검불 밟히는 풀길 다 돌 때까지
누구든 또 떠날 수 있음을 믿지 않는다.

빚 없이 사는 날이
얍삽한 가슴 찢기도록 팍팍한 줄 몰랐다.

이웃

사방 둘러봐도 소리 한 점 없고
말 붙일 이웃을 찾았겠지.
점점 차가워지는 바닥에 누워
견딘 마음이 서성이던 방

오지 않는 자식, 못 오는 형제보다
조급하게 달려온 복지플래너.
굳은 문손잡이를 비틀어 열면
떠난 결심도 풀 수 있을까.

주민센터에서 안부 묻던 벨 소리,
흰 쌀 나눠준다는 문자 받고
서둘러 신어본 구겨진 신발

창밖, 붉은 양귀비가 뚝뚝 꽃물 흘리고
빼곡히 꽂힌 문서 파일 사이
어르신 이름 하나 부서져 내린다.

어느 별자리라도 별답게 솟구쳐라.
어떤 꽃 그림자라도 꽃답게 져라.

위로

끈적한 열대의 밤 지나고, 새벽 별과

이별만 하며 살아온 줄 알았는데

내 안에 잔뿌리 많은 식물이 자라난다.

숨 멎을 만큼 돋아난 실밥들

끊어낼 수 없는 실타래에서

날마다 생명이 태어나 살고 있다.

딱지

과자를 다 먹은 아이들이
종이 상자 펼쳐 딱지를 접는다.

아이들이 패대기칠 때마다
바닥에 떨어지는 과자 이름
앙상한 활자의 코팅이 벗겨진다.

부여 성왕의 동상이 선 로터리
나불나불 딱지치는 아이들 목소리

허리춤에 접힌 빳빳한 매듭이
재활용선별장을 통과하지 못한다.

너른 강 달밤, 태어나기 전으로 돌아가
절벽에 새겨진 백제의 바람이나 만날까.

'얇게 펼쳐지면 다시 살 수 있다'
사람의 말보다 먼저 바람의 말이 들려오고

굿뜨래거리에 떠도는 백제 바람이
뜯어진 과자 포장지를 안고 간다.

저녁 매화

두향은 백야를 거닐고 있다.
잎맥 끊기고, 썩어 걸린 꽃잎을 따낸다.

밤에도 어두워지지 않는 매화나무 아래
느릿한 그림자 멀어져간 뒤

바닥에 떨어진 꽃잎들은 상처를 씻고
다른 나무뿌리 속으로 녹아들어
지난 사랑 거름 삼아 새 꽃 피워올린다.

그녀는 빈티지 꽃무늬 드레스를 입고
차갑고 무정한 사람들에게
쌉싸름한 매화 향기를 보내오고 있다.

바람이 매화나무를 흔들면
거문고 소리가 나뭇가지 타고 오른다.

4부

버려진 네모

네모가 나간다.

가위로 자르고 도려내어
네모의 몸짓을 빼낸 후
차갑게 베인 자국이 드러난다.

네모가 누워 있던 방 안
심중을 꿰매어 깊어지던 밤
오래 달구어진 기운마저 파헤쳐진다.

누구와도 겹치지 않는 세상
둥둥 떠 있는 나를 바라보며
네모가 굴러간다.

오늘은 내가 찾아왔어요

넓은 거리에 퍼즐의 씨앗을 심어요.
살아가는 방식이 퍼즐 맞추기라면
사람들이 발걸음 맞추는 시간,
신기한 생각의 조각들은 호흡하며 숲이 되지요.

당신의 하루를 맞춰 보세요.
옮겨온 기억들은 돌아가지 못하고
맞춰진 무늬는 흩어질 수 없어요.
울컥한 얼룩은 지워내지 못해요.

오늘은 떠났던 내가 제자리를 찾아왔어요.
사랑 따위, 퍼즐 숲속에 흩어지게 두세요
안타까이 포개려는 퍼즐 조각들이 쌓인 숲
목이 타고, 발 밟히며 도형을 심어요.

하루를 흘려버리는 사람은
퍼즐 숲에서 게임을 즐길 수 없어요.

냉장고 안에 피어난 파꽃

첼로 소리 들으며 산책을 상상하고
작은 에스프레소 바에 다녀오는 동안
컴컴한 비닐 밖으로 망울 내비쳤구나.

초록 화분 두 개와 등불을 가져왔을 때
잘 있니? 물어볼 사람을 기다렸구나.

문 열릴 때마다 머문 바람이 좋아
함께 가자! 약속한 곳이 있겠구나.

꽃대 끝, 봉오리 터지면 찾아갈 방향
오지 않는 햇빛에게 묻지 못하고
꽃봉 밀어올리며 밤새 달렸구나.

허기진 뿌리가 두려워, 고름 맺힌 파꽃
밖에 꽃들이 널려 있는 봄 가기 전
길 잃어버리지 말고, 잘 나가 살아라.

왜 떠나고 싶을까

숨은 별 아래 마른 수풀 헤치며 달린다.

바늘이 위사와 경사 사이 뚫고 달려오면
천을 붙잡고 다독인다.

관절 신경이 끊어질 듯 아픈 날,
손가락 펴고 시접을 뜯어내고
경계 넘어 떠날 준비를 한다.

척박한 나라의 국경을 박음질로 눌러 박으며
소외당하지 않는 곳을 찾아간다.
바늘은 그곳이 어딘지 가르쳐주지 않는다.

질문이 좁아지면 한숨 돌리고
바늘이 휘거나 앙상해지기 전에
촉촉한 이슬 곁으로 떠나간다.

패턴 찾기

안개 속, 겹쳐둔 패턴은 어디로 갔을까?
사람 소리 그친 새벽, 경적이 울려오고

안개 출구 쪽
덧칠하고 세워둔 자리

손끝으로 빛을 녹여 패턴을 입력한다.

이어붙인 패턴은 자릴 뺏기지 않으려고
눕거나 도드라진다.

엇비슷해 보이는 무늬
축축한 안개가 에워싸고

한밤 내내 패턴이 기억나지 않는다.

질척이는 모랫길 빠져나가려고
잠긴 비밀번호 패턴을 풀어낸다.

겹

그녀가 받아들인 것은 미미한 바람.

바람이 도착한다.
싹둑 자른 면을 접어 넣으면
바람은 그녀를 만날 수 있다.

접힘선 속으로 깊숙이 밀려들어간
그녀의 마음을 찾을 수 있을까.
바람의 목소리가
겹 안쪽으로 잦아든다.

그녀는 비어 있는 시간을 보낸 뒤
돌이킬 수 없는 틈이 생겨
한몸이 되어버린 축을 세우며 살아갈 것이다.

잘라내도 지워질 수 없는

누군가 떠나보낸 나는 다시 살아나요.

밀려나지 않는 기하학무늬 틈에 앉아
가쁜숨 뱉어내요.

잘라내도 지워질 수 없는 자리에 숨어
애틋한 숨 몰아쉬고 말아요.

날마다 복사해내도 똑같은 나는 없고
눈이 멀도록 침침한 복제물 같은 하루.

한 겹씩 건드릴수록 숨소리 풀려나요.
툭툭 끊어진 자리마다 소스라쳐 일어서요.
베어낸 자리 딛고 다시 숨쉬는 봄날 오후.

멜로드라마

네거리 신호등에서 대각선으로 길을 접고 싶은 날
프레스로 깃을 누르고 풀 먹이면
빳빳한 정신이 솔기 끝에 깨어나요.

직선으로 걸어온 사람들에게서 멀어진 날은
모서리에서 출발하여 사선으로 걸어요.

누군가 재빠르게 자를 때마다
거침없이 잘린 반을 주고
나머지 반쪽의 몫을 살아가요.

연락처 즐겨찾기에서 사라진
만날 수 없는 관계의 치수를 재어
부드럽게 달아주는 분홍 리본

시침질과 공그르기로 마무리하고 손놓을 때
곧은 솔기가 사람의 선을 닮아가네요.

빠르게, 바람보다 천천히

얼마나 앓고 흐느꼈을까?
실오라기 풀려버린 비밀

그는 풀어진 머리로 들어선다.
모두가 옹골찬 모습으로 떠나가는데
실밥이 뜯긴 채 돌아와 마주 선다.

맨홀 뚜껑이 증발해버린 집중폭우의 밤
천 위에서 만나는 실올과 발걸음이 엉켜든다.

빠르게, 바람보다 천천히
들썩이고 춤추며 기울어지기 시작한다.

평생 풀어놓은 실 끝
덧대어 이어붙인 고백을 알고 있다.

서울 성곽

심장이 뛰는 성과 만난다.

못다한 말은 송곳으로 밀어넣고
성의 가장자리부터 누비질한다.

허물어진 옛 성벽 군데군데
유효기한 지난 파일이 붙어 있다.

복구되지 않고 견딘 콘크리트색 화면들
클릭해도 미디어 파일은 열리지 않는다.

부드럽고 따뜻한 손누빔으로
깨진 마음 톡톡하게 이어붙이면
옛 파일들이 살아 움직인다.

멈출 수 없는 작은 바늘 하나
달 없는 밤, 성곽 위로 오른다.

해신 海神

어항 속에 주저앉아 밖을 본다.

시계탑 앞 아스팔트 걷는 사람들은
평온하고 무사한 척 살고 있다.
숨 가쁘게 고갯길 넘어와
비 그치면 명상에 잠긴다.

횟집 나무의자에 앉은 손님과
잠깐 붉은 눈이 마주친다.

물고기들의 담담한 표정은
스스로 누군가의 표적이 되는
뭇사람의 거무죽죽한 얼굴과 다르다.

수조 안, 낯선 구석에 숨지 않고
정직하게 헤엄쳐 돌아와
두 눈 뜨고 떠오르는 물고기들의 언어는
난삽한 세상에서 언제나 매끄럽다.

서핑에서 돌아온 오후

발밑에 밀려와 부드럽게 겹치는 파도,
맞대고 달려오는 그 다음 파도까지
물결 잡아당기며 질곡을 펴는 사람.
도톰하게 고인 상처가 아물 때까지
빈틈없이 퀼트 윤곽을 완성한다.
서핑에서 돌아와 재봉틀 톱니에 기름을 치고
촘촘한 시간을 닦고 돌아앉으면
잿빛 벽에 백 년 후의 바다가 걸린다.

상사화

꽃이 빤빤하면 예쁘지 않다.

때가 되면 오므릴 줄 알아야 꽃이다.

꽃이 저무는 시간, 가장자리를 접고

비탈길 내려가는 사람이 아름답다.

벚꽃

수많은 꽃술 날리며
천하를 누렸으나,
병법을 알지 못하여
당신을 구하지 못하고
짧은 선으로 집니다.

종이 없는 도서관

빈 모니터에 매창이 다녀간다.
묵향이 나지 않는 디지털도서관
스마트 교육실에 줄지어 선 책상들

첫눈 내린 날,
나부끼며 돌아온 눈발과 만나
온몸 녹여 시를 쓰는 그녀

죽기 전 찾아올 것 같은 단 한 사람.
그녀의 기다림이 화면 귀퉁이에 잦아들고
매킨토시 아이맥은 목젖이 시려온다.

유리창 밖, 맨살로 핀 성에꽃 지고
아무도 꽁꽁 언 손끝으로
먹을 갈지 않는 유비쿼터스 도시

매창은 흰 치마 여미고 돌아간다.

반쪽 날개로 추는 나비의 춤

우대식/ 시인

김리영 시인의 시집『푸른 목마 게스트하우스』는 과거와 현재, 춤과 시, 외로움과 무쇠뿔 같은 의지, 가난과 낭만을 시라는 이름으로 육화하고 있다. 여기서 보이는 시적 육화란 단순히 추억이라는 의미를 넘어 한 순례자로서의 아름다우면서도 쓸쓸한 여정을 고스란히 담고 있다는 점에서 종교적 영성의 파편을 곳곳에서 마주하게 한다.

종교적이라는 의미는 우리가 아는 대표적인 종교로서의 그 무엇이 아니라 끝없이 걸어야 하는 여행자의 시선에서 비롯되는 세계와 자아에 대한 질문과 의문에서 파생된다고 볼 수 있다. 이 시집을 읽는 일은 어느 이방의 게스트하우스에서 낯선 이들과 생수를 나눠먹는 일이며 좁은 통로에서 서로 먼저 지나가기를 권하며 한참을 바라보는 일이 될 터이다.

시내를 떠돌다 독이 성성하게 박혀온

순록이 국수를 삼키는 낙낙한 시간,
날 세운 뿔이 면발처럼 연해지고
길 위에 쓸린 발굽도 부드럽다.

다시마가 우러난 뜨거운 국물 삼키면
시력이 떨어져도 며칠 잘 살아가겠지.
눈 덮인 침엽수림 지나가는
빡빡한 언덕길도 잘 넘어설 하루.

국숫집 창문에 햇살 비껴오면
순록이 짙푸른 눈으로 툰드라를 향해 일어선다.

—「순록이 국숫집에 왔다」전문

　앞에서 말했듯 이 시집의 많은 시편들이 여행자의 형식
을 하고 있으며 시 곳곳에 자신의 모습을 우화적으로 그리
고 있다. 김리영 시인이 운명처럼 습관적으로 자신을 들여
다보고 있다는 사실은 매우 재미있으면서도 인식의 비극
성을 함께 내포하고 있는 지점이기도 하다.
　「순록이 국숫집에 왔다」에서는 툰드라를 살아가는 순록
에게서 자신을 만난다. 다른 말로 하면 순록에서 자화상을
떠올렸다는 말이 될 터이다. 생활의 터전으로 "시내"를 떠
돌다 국숫집에 앉은 자신의 상황을 "순록이 국수를 삼키는
낙낙한 시간"이라고 우화적으로 그리고 있다.
　"빡빡한 언덕길"은 1연의 "시내"에 상응하는 순록의 길이
라 할 수 있다. 생활을 위해 시내를 떠돌다 국숫집에 앉은

시적 화자와 눈 덮인 침엽수림을 지나며 먹이를 구하다 국숫집에 앉은 지친 순록이 겹쳐질 때 독자는 가시적인 세계 너머의 이미지를 꿈꾸게 된다. 생활에 지친 인간의 형상이라면 이 시는 뻔한 도식성을 면키 어려웠을 것이다. 그러나 "툰드라"를 향해 또다시 걸어갈 순록의 형상과 시적 화자의 자화상이 겹쳐지는 장면은 생활이라는 기표에 대해 고난이라는 뻔한 기의를 거부하고 풍성한 상상력을 제공하고 있다.

김리영 시인의 낭만성도 이 지점에서 비롯된다고 할 수 있다. 자신의 모습을 딱새우에 투영한 「딱새우의 저녁」에서 육체를 해체당한 딱새우를 바라보며 시적 화자는 "끝없이 푸른 바다는 다시 오지 않는다"(「딱새우의 저녁」)라고 중얼거린다.

이 고백은 시적 화자의 현실에 대한 비유적인 독백이다. 어떠한 경우이든 직접적인 의미의 발화는 찾아보기 어렵다. 그것은 김리영 시인의 몸에 밴 시인으로서의 윤리 감각이라 할 수 있다. "국숫집 창문에 햇살 비껴오면/ 순록이 짙푸른 눈으로 툰드라를 향해 일어선다"는 시적 진술은 운명의 장엄 앞에 선 개별자의 실존적 의지를 독자에게 선사하는 것이다.

이번 시집에서 눈여겨보게 되는 것은 어머니와 아버지에 대한 색다른 인식과 그에 따른 시적 형상화라 할 수 있다. 어머니의 경우는 늘 잠재된 인식의 원천이면서 동시에 시적 화자의 현재적 지위로서 어머니와 겹쳐져 나타나는 특징을 가진다. 아버지의 경우는 실재하지만 시적 화자의 입장에서는 늘 부재하는 형상으로 그려진다. 이 상실과 결핍이 김리영 시인을 외로운 존재로서의 자각을 불러오는 계기가 되었을 터이며 동시에 시를 쓰게 되는 동기가 되었을 법하다.

세병관에 올라 바다를 엿본 날
얼어붙은 동백들과 마주쳤다.

뽀얀 서릿발 걷어내면
초경 앓는 까무잡잡한 얼굴.

처음 스케이트 타본 날
빙판 위 갈라진 틈을 헛디뎌 넘어지면
연못 밖에 기척 없이 서 있던 엄마.

피어오르다 꽁꽁 언 동백은
얼음보다 먼저 쩍쩍 금간 엄마의 심장이다.

동백나무 밑동에 달려
혼자 어린아이 키우며 얼어버린 엄마.

살얼음 벗기고 입김 호오 불어주면
겨울바람에도 눈부신 윤슬 위에
꼭 한번 피어오를 엄마를 두고 왔다.

—「동백 엄마」 전문

이 시는 크게 두 개의 풍경을 바탕으로 한다. 하나는 통영 세병관에 올라 바라보던 동백이고 다른 하나는 엄마가 지켜보는 가운데 스케이트를 타던 어린 시절의 시적 화자가 그것이다. 이른 시기에 만발한 동백은 "얼어붙"었으며, "피어오르다 꽁꽁 언 동백"에서 시적 화자는 "엄마"를 떠올린다. "혼자 어린아이 키우며 얼어버린 엄마"라는 시적 진술에서 엄마의 심장이 왜 얼음보다 먼저 쩍쩍 금이 간 것인지 암시되어 있다.

혼자 아이를 키우면서도 남들에게 뒤처지지 않도록 스케이트를 태우고 연못 밖에서 몽상에 빠진 엄마의 형상은 시적 화자의 뇌리에 깊게 새겨진 어머니의 표상인 셈이다. "살얼음 벗기고 입김 호오 불어주면/ 겨울바람에도 눈부신 윤슬 위에/ 꼭 한번 피어오를 엄마를 두고 왔다"는 것은 스케이트를 타다 넘어진 어린 시적 화자를 불어주던 "동백나무 밑동에 달"린 쓸쓸한 어머니에 대한 강렬한 인상이며 이는 동백이 피던 통영의 풍경과 혼재된 채 남아 있다는 의미일 터이다.

어머니에 대한 인상은 비극성을 띠며 상징적으로 그려지기 일쑤이다. "어머니의 서랍 안쪽은 기울고"(「세 번째 서랍」)라는 표현에서도 일상적 여성의 삶과 유리된 어머니의 불우를 마주하게 되고 "별 속으로 들어가지 못해 밖을 맴돈다"(「야간비행」)에서처럼 어머니와 관련된 시적 진술은 그 비극성을 최고조로 끌어올리고 있다.

자신과 어머니에 대한 「동백 엄마」의 시적 모티브는 「푸른 목마 게스트하우스」에서는 어머니로서의 자신과 아들과의 대화 형식의 시에 고스란히 투영되어 있다. 이국의 어느 게스트하우스에서 자가격리를 하는 아들에게 보내는 대화에서 어머니(시적 화자 자신)는 아들에게 눈을 감고 회전목마를 타는 상상을 해보라고 권하고 있다. 「동백 엄마」에서 스케이트를 타는 딸과 이 시에서 회전목마를 타는 아들의 형상은 겹쳐져 있다.

　놀이라는 형식을 통해 현실의 부조리를 넘어섰으면 하는 어머니의 마음이 고스란히 투영되어 있다. 어쩌면 놀이란 항상 실재하지는 않지만 우리를 감싸고 있는 환상의 세계이며 어둠 속에서 인간에게 지향점을 제공하는 불빛과 같은 것이라 할 수 있다.

　　곡성 관음사 댓돌 위 고무신
　　아버지의 랜드로바가 겹쳐 보인다.

　　흐드러진 불두화 꽃술 아래
　　돌무지에서 새어나온 아버지 목소리.
　　찾을 수 없는 아버지의 무른 표정만
　　사천왕문 밖으로 바람에 날려간다.

　　원통전 금동관음상은 아버지가 내 마음속에
　　집을 지으셨다고 가르쳐준다.

　　무대 뒤에서 객석을 훔쳐보며 아버지 찾던 날,
　　그때로 돌아가 아버지의 저녁을 밝힐 수 있다면

어린 춤이 나지막이 날아오를 텐데…

팔, 다리, 어깨 꺾어, 춤 고운 새의 몸짓으로.

—「아버지의 새」전문

「동백 엄마」에서 통영 세병관에 올라 동백을 보며 어머니를 떠올리듯 이 시에서는 "곡성 관음사 댓돌 위 고무신"에서 아버지를 떠올린다. "찾을 수 없는 아버지의 무른 표정"처럼 어떠한 시에서도 아버지가 직접 등장하는 경우는 없다. 심지어 사진조차도 "아버지의 이마 잘린 사진"(「세 번째 서랍」)으로 형상화할 정도로 아버지의 형상은 그리지 않는다.

"돌무지에서 새어나온 아버지의 목소리"에서 알 수 있는 것은 아버지의 존재 형식이 시각의 구체적 현현이 아니라 목소리라는 사실이다. 목소리가 가진 일회성은 문자에 비해 더 많은 아우라를 발하게 된다. 목소리란 들은 자의 상상력과 결합되어 더 비밀스럽고 영적인 이미지를 발하게 되는 것이다. "무대 뒤에서 객석을 훔쳐보며 아버지 찾던 날"이라는 구체적 상황 진술은 시적 화자가 처했던 당시의 상황을 어렴풋이나마 짐작케 해준다.

이에 대한 더 구체적인 진술을 다른 시에서 찾아볼 수 있다. "무대 바닥이 검은 진흙으로 변하고/ 커튼콜이 끝나도 오지 않은 아버지/ 교문이 닫히도록 기다려본 그 사람"(「졸업발표회」)에서 보듯 아버지는 어른거리는 형식으로 존재한다. 분명히 있지만 그러나 현실에는 실재하지 않는 형식이란 예술론에 가까운 명제처럼 느껴지기도 한다.

"팔, 다리, 어깨 꺾어, 춤 고운 새의 몸짓"이란 시적 화자가 아버지께 보여주고 싶은 춤으로 아버지의 새가 되고 싶다는 욕망을 강렬하게 표출하고 있다. 그러한 점에서 「아버지의 새」란 단순히 아버지를 보고 싶다는 욕망이 아니라 춤이라는 예술의 형식을 통해 아버지와 만나고 싶은 의지를 담고 있다.

시적 화자에게 춤과 시는 이 세계를 이해하는 촉수와 같은 것이다. 이 시집 2부에는 특별히 춤에 관한 시편들이 많이 보인다. 어쩌면 삼라만상의 모든 움직임이 시적 화자에게는 춤의 형식으로 보인다 할 것이다.

공연 끝난 무대 뒤
피난 안내도가 붙은 회벽

거울 앞, 유리병이 뒹굴고
덧칠하고 고친 화장을
깨끗이 지우고 돌아갈 시간

처음 눈앞이 캄캄하던 객석의 어둠이
드문드문 익숙해져갈 때

사람들이 하나, 둘
무대 향해 가면을 벗고
물끄러미 바라본 순간,
새하얀 깃털이 돋아났지.

선녀가 일으켜 양팔 휘감아돌고
숨 잦아들고
춤이 끝날 때까지
겨드랑이 보듬으며 종종걸음쳤지.

끝내 거두지 못하고 두고 갈 무대

언제나 무대에서 가면을 벗은 나는
사람의 탈을 뒤집어쓰고,
검은 가방에 접어넣은
날개 한 쌍을 반납하러 간다.

― 「선녀춤」 전문

「선녀춤」은 춤 공연이 끝나고 난 후 무대의 풍경과 분장을 정리하는 공연자로서 자신의 모습을 형상화하고 있다. "고친 화장을/ 깨끗이 지우고 돌아갈 시간"이라는 진술은 실제 공간에 대한 진술이면서 동시에 우리 인생에 대한 비유적 의미를 담고 있기도 하다. "객석의 어둠이" 익숙해진다는 시적 진술이나 "사람들이 하나, 둘/ 무대 향해 가면을 벗"는다는 말도 역시 같은 비유로 이해할 수 있다.

춤의 완성은 관객에 의해 이루어진다는 시적 발화는 의미심장하다. "사람들이 하나, 둘/ 무대 향해 가면을 벗고/ 물끄러미 바라본 순간,/ 새하얀 깃털이 돋아났지"라는 구절은 사람으로 형상화한 관객들이 무대를 향해 가면을 벗었을 때 무대 위의 공연자들의 세계를 진심으로 이해하게 된다는 의미일 터이다. 세상살이를 이같은 이치로 이해한다 해도 큰 어려움은 없을 것이다.

마지막 연은 장자의 나비를 연상케 한다. "무대의 가면을 벗은 나는/ 사람의 탈을 뒤집어"쓴다는 구절에서 "가면"과 "탈"은 실상 같은 사물이다, 무대 위의 공연이나 사람살이 모두 자기 자신을 산다기보다는 주어진 역할을 감당한다는 예리한 지적을 만나게 된다. "날개 한 쌍을 반납하러 간다"는 마지막 시구는 여러 상징적 의미를 띠게 된다.

이렇듯 시적 화자는 이 세상의 많은 현상을 춤으로 이해하고 있다. "삽질이 시작되었다./ 불타는 흙 알갱이들이/ 움츠러든 고양이 자세를 펴고/ 파드샤 동작으로 튀어오른다"(「봄춤」)에서 보듯이 봄날 대지에서 노동을 역동적인 춤으로 그리고 있는 것이다.

또한 다리가 잘린 낙지가 갯벌 속에 몸을 숨기는 장면을 "무대는 아직 끝나지 않았어"(「낙지」)라고 단호하게 표현하고 있다. 무대 위의 치열한 삶은 그대로 현실적 삶의 메타포라 할 수 있다. "잘린 다리가 꿈틀거릴 때마다/ 살아 있다! 살아 있다!"(「낙지」)라고 되뇌이는 치열성이 춤과 시로 형상화된다고 할 수 있다.

김리영의 시를 읽으면 생활에 대한 육성에 가까운 발화 속에서 우리가 살아가는 이 세계에 대한 현실적 리얼리티를 직면하게 된다.

인사를 해도 팀장이 모른 척한다.

발걸음 버석거리는 소리
이름 없는 투명인간은 되기 싫어!

순한 표정으로 웃어봐도
발길 떼기가 허황한 오후.

외길을 붙잡고 끝까지 간다.
떳떳하게 마주칠 녹녹한 눈빛 찾아
봄볕 아래, 얼음강 가운데로 걷고 있다.

— 「기간제 근로자」 전문

'기간제'라는 말은 이제 보편화되어 있음은 물론이고 정규직과 대칭되는 말이기도 하며 동시에 정규직으로 가기 위한 통과의례의 과정을 뜻하기도 한다. 기간제, 인턴, 임시직 등으로 지칭되는 직업 형태가 자리잡은 것은 그리 오래된 일이 아니다.

노동탄력성 운운하며 마치 노동자를 위한 형태인 것처럼 포장된 기간제는 이제 또 다른 계급의 형식으로 자리잡은 것이다. 최소의 비용으로 최대의 이익을 실현하기 위한 자본주의적 발상은 끊임없이 노동자에게 적용되어온 것이 사실이다.

"인사를 해도 팀장이 모른 척한다"는 한 구절은 시 제목과 관련하여 이 시가 말하고 싶은 모든 것을 내포하고 있다. 계급이란 차이 속에 내재한 가치를 뜻하며 기간제와 팀장은 서로 다른 가치를 가진 존재이다. 언제까지 같

이 일하게 될지도 모르는 사람에게 삶의 기본적 예의마저
도 버려지는 현실을 시적 화자는 날카롭게 바라보고 있다.
"투명인간은 되기 싫어"라는 내면적 외침은 부조리한 시
대를 살아내는 가장 큰 힘이라 할 수 있다. 이러한 의지는
"외길을 붙잡고 끝까지" 가는 원동력이 된다. "봄볕 아래,
얼음강"의 위태로움은 자신이 처한 현실적 상황이며 동시
에 대결해야 할 불우의 조건이라는 사실을 시적 화자는 투
철히 인식하고 있다.

　이러한 현실적 부조리에 희생당한 사람을 그린 시가 「미
안합니다」라고 할 수 있다. 겨울 호수에 먼저 떠난 사람이
서 있다는 진술로 시작하는 「미안합니다」라는 시는 어떤
사회적 부조리에 의해 호수에 빠져 죽은 자의 현실을 외면
하는 사람들의 모습이 그려져 있다. "단 한 푼 빚지지 않은
도도한 표정으로/ 검불 밟히는 풀길 다 돌 때까지/ 누구든
또 떠날 수 있음을 믿지 않는다"(「미안합니다」).

　대개의 사람들은 어떤 이의 죽음이 나와는 전혀 상관없
는 일이라 치부하며 살아간다. 빚 때문에 누군가 또 떠날
수도 있다는 시적 진술은 우리 사회의 냉정함을 여실히 폭
로하는 것이다. 시적 화자가 외부 혹은 이웃과의 소통에
대한 욕구를 보여주는 것도 사회적 약자로 살아가는 이들
에 대한 연민 때문이라 볼 수 있다.

　그것은 어떤 존재도 별이며 꽃인 까닭이다. "어느 별자
리라도 별답게 솟구쳐라./ 어떤 꽃 그림자라도 꽃답게 져
라"(「이웃」)는 기원은 거꾸로 생각해보면 이 시대의 과제
가 되는 셈이다. 또한 "누가 소리 없이 다가와 옹벽을 부서

뜨릴까. / 절대 무너져서 안 되는 벽은 없다"(「구멍」)라는 소통에의 의지도 별 혹은 꽃에 대한 사랑 때문이다. '사인여천事人如天'의 사상이란 먼 데 있는 것이 아니라 너와 내가 서로 별이고 꽃이라 생각하는 데에서 시작하며 너와 나를 가로막는 옹벽을 부서뜨리는 일에서 완성되는 법이라는 인식을 시로 아로새기고 있다.

맑고 솔직한 앞날개를 잃고
한쪽 날개로 날았지.

남은 날개까지 떼고 싶은 날에도
아슬아슬 절룩이며 유랑하겠지.

어두운 참나무숲에 들어가면
날개의 이면裏面이 빛날지 몰라.

반쪽으로 날아가도 나비길은 있어.

ㅡ「나비길」전문

김리영의 시집 『푸른 목마 게스트하우스』를 읽으며 솔직하기도 하고 파토스 넘치는 자기 고백을 만났다. 게으른 몸을 두드려 나 자신도 빨리 시적 여행을 떠나야겠다는 생각에 마음이 급해진다. 어떤 시는 이렇듯 무언가를 재촉한다. 긴 여름의 끝에서 눈이 시원하다. 김리영 시인의 시론

에 해당하는 짧은 시 「나비길」을 함께 읽은 것으로 글을 마
친다.

현대시세계 시인선 **173**

푸른 목마 게스트하우스

지은이_ 김리영
펴낸이_ 조현석
기 획_ 김정수, 우대식
펴낸곳_ 북인
디자인_ 푸른영토

1판 1쇄_ 2024년 11월 15일
출판등록번호_ 313 - 2004 - 000111
주소_ 121 - 842 서울 마포구 서교동 460 - 34, 501호
전화_ 02 - 323 - 7767
팩스_ 02 - 323 - 7845

ISBN 979-11-6512-173-0   03810
ⓒ 김리영, 2024